艾琳・杭特(Erin Hunter) 著
古倫 譯

WARRIORS 貓戰士

荒野手冊之II

預言之貓

Cats of the Clans

晨星出版

獻給　印地安．霍姆斯．考森——歡迎你

特別感謝　維多利亞．霍姆斯

目錄

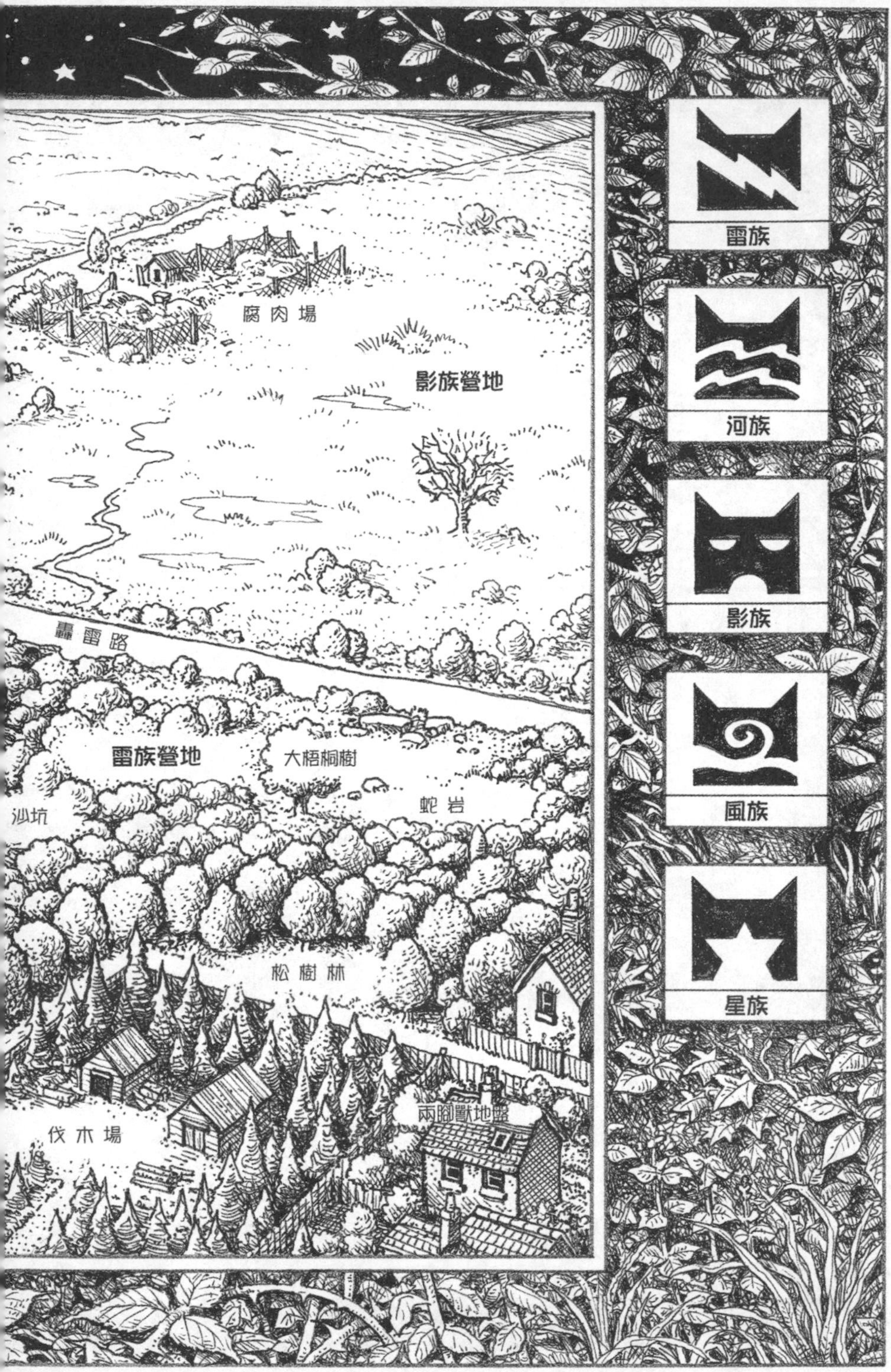
腐肉場
影族營地
轟雷路
雷族營地
大梧桐樹
沙坑
蛇岩
松樹林
兩腳獸地盤
伐木場
雷族
河族
影族
風族
星族

高岩山
兩腳獸牧場
風族營地
四喬木
瀑布
貓頭鷹樹
河流
陽光岩
河族營地

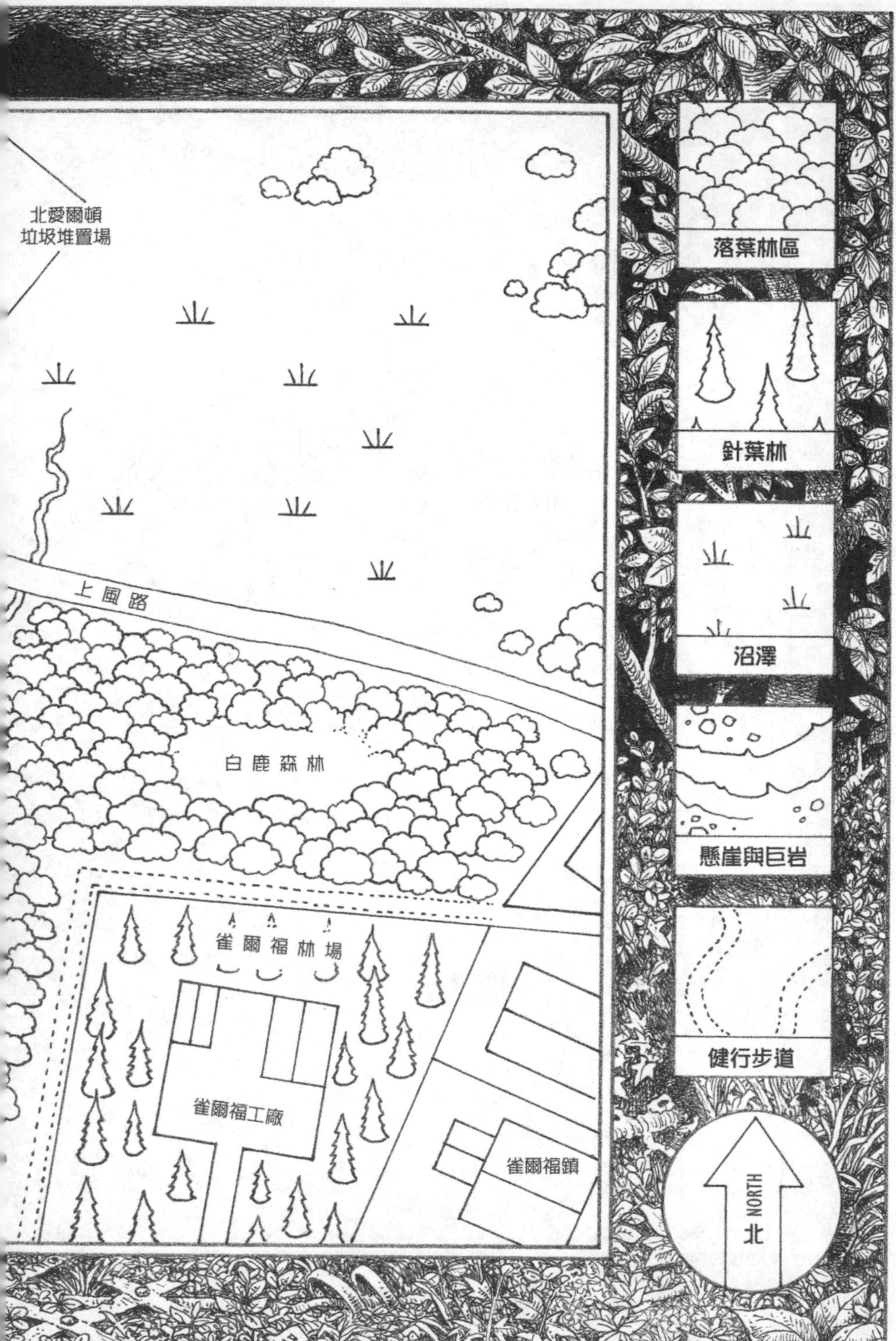
北愛爾頓
垃圾堆置場
上風路
白鹿森林
雀爾福林場
雀爾福工廠
雀爾福鎮
落葉林區
針葉林
沼澤
懸崖與巨岩
健行步道
NORTH
北

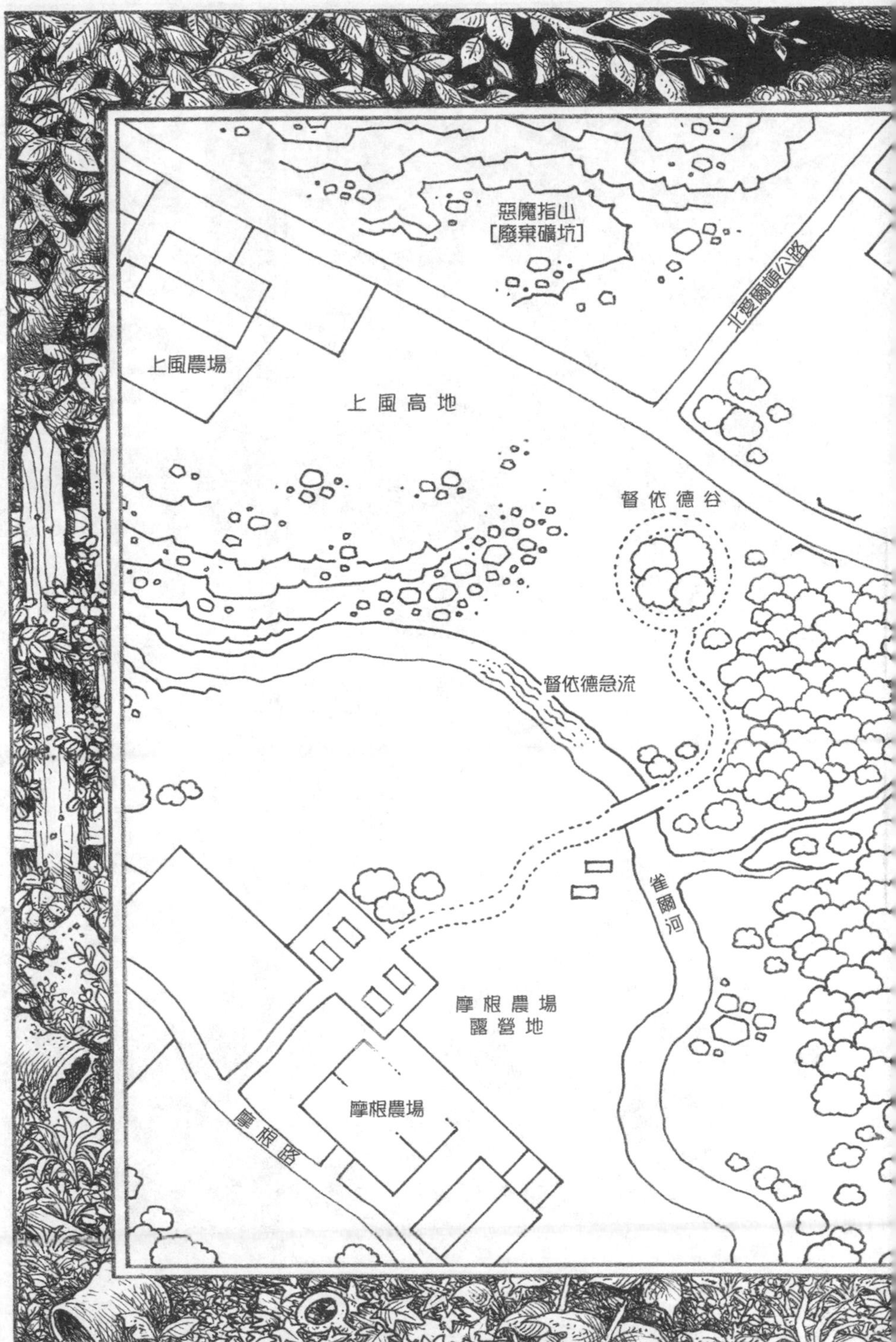
惡魔指山
[廢棄礦坑]
北愛爾頓公路
上風農場
上風高地
督依德谷
督依德急流
雀爾河
摩根農場
露營地
摩根農場
摩根路

被遺棄的兩腳獸窩
月池
舊雷族小徑
雷族營地
老橡樹
湖
風族營地
斷半橋
兩腳獸地盤
馬兒地盤
轟雷路
雷族
河族
影族
風族
星族

綠葉
兩腳獸地盤
兩腳獸窩
兩腳獸小徑
兩腳獸小徑
空地
影族營地
半橋
小轟雷路
綠葉
兩腳獸地盤
半橋
小河
小島
河族營地

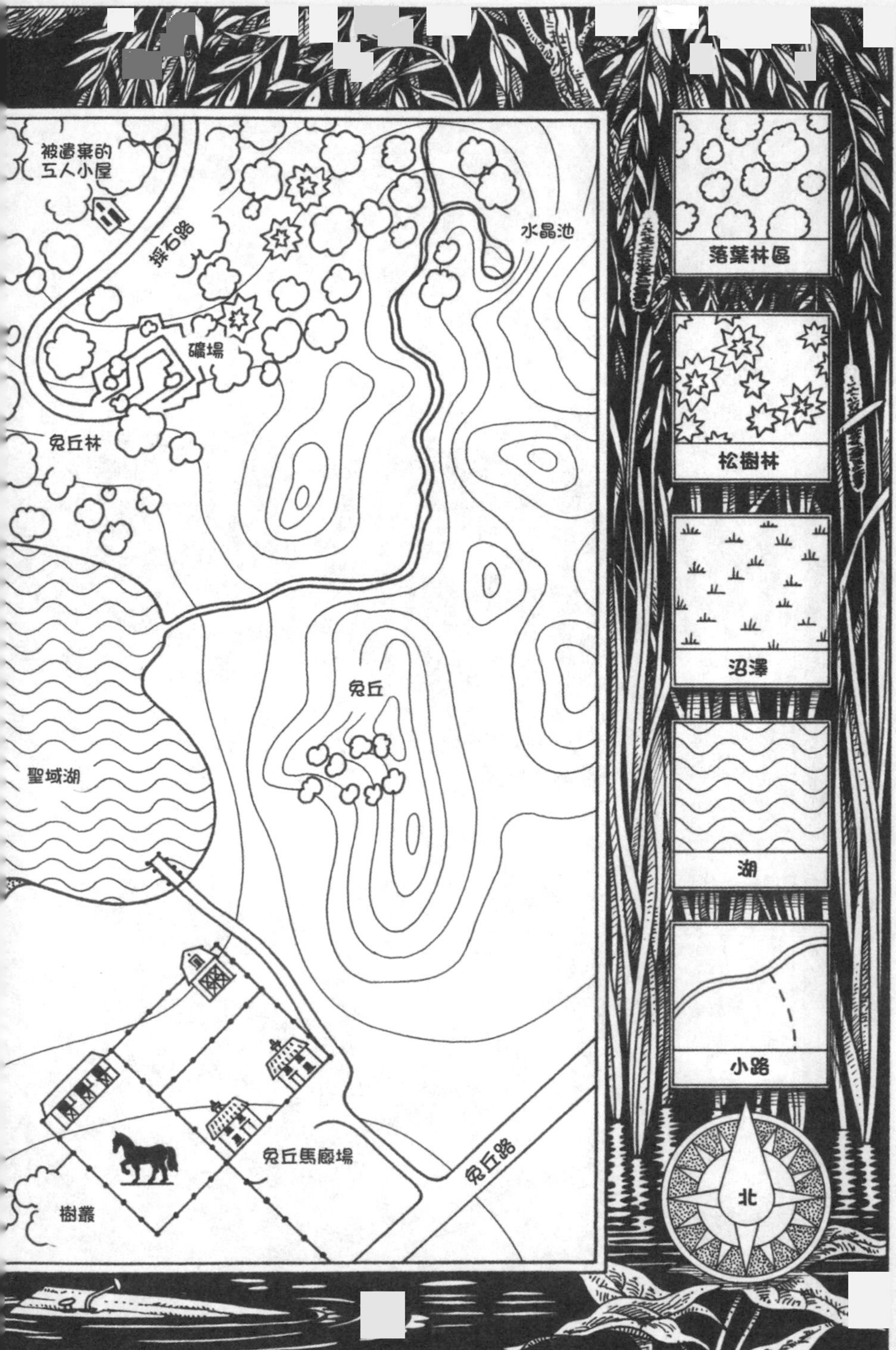

被遺棄的
互人小屋
採石路
水晶池
礦場
兔丘林
兔丘
聖域湖
兔丘馬廄場
兔丘路
樹叢
落葉林區
松樹林
沼澤
湖
小路
北

觀兔露營區
聖域農場
塞德勒森林區
小松路
小松乘船中心
小松島
艾柏河
魏特喬奇路

三隻迷路的小貓

誰在那裡？出來，站到月光底下。原來是三隻小貓啊，你們聞起來有星星和黑夜的氣味。小傢伙們，你們離星族已經很遠了。你們是不是跑到領地邊的陰影中去玩，卻沒想到離開得太遠，迷路了，最後竟然到了這個地下很深的地方，還遇上我這一隻相貌奇怪的貓。

你們一定很驚訝吧？我懷疑，你們曾從星族那裡知道我的名字或這個地方。

噓，別害怕，我不會傷害你們。天亮後，路會看得比較清楚了，我將會指引你們回家的方向。

躺下來吧，地上比你們想像中要舒服得多。看，我腳下的地面是多麼光滑啊！我才不願意用它來換你們窩裡那些又刺又扎，讓皮毛癢癢的東西呢。我早就忘記我是否在那種會沙沙作響的東西裡睡過覺。這裡總是很安靜，除了水的回聲以外，沒有任何其他的聲音。

你剛才說你叫什麼名字？小苔？喔，你是

藍星的小貓，霧足和石毛的小妹妹。你旁邊那隻營養不良的公貓是誰？小青蛇，對，是從風族來的。你怎麼這麼小就在星族了呢？而且還是以這種不尋常的蛇名命名……是的，我也認識你，小梅！對於影族貓來說，你的白毛太不同尋常了。碎星可能跟你承諾過，你會比森林裡任何一隻小貓更先成為戰士。

我認為，他從沒想像過你會參戰而且這麼年輕就死了，不過請相信我，你們一定會得到更大的榮譽。小傢伙們，你們在森林裡生活的時間還不夠長，對你們的族貓、其他貓族的朋友都不夠了解。永遠當小貓，是要付出代價的。

如果你們打算暫時在這裡休息——喔，特別是你，小苔，那我就可以回答一些與你們生前的那些貓有關的問題。哈，一個晚上太短，我不可能把我知道的每個故事都說出來！我知道許多貓的事呢，比你們知道的更多。如果想聽完他們的故事，你們至少得在這裡待上一個多月呢。

但我能跟你們說一些我記得最清楚，現在還在看顧的那些貓的故事。

是的，我一直在看顧著他們，從部族貓有記憶開始，甚至比那還要久遠。我看顧的不僅僅是現在生活在湖邊的部族貓。儘管他們以為那座湖就是貓族世界的中心，但是，在離他們更遠的邊界處，其實也有著和他們同樣價值觀的貓。那些貓被譏諷為流浪貓和無賴貓，僅僅只是因為他們不想在嘈嘈鬧鬧的環境生存，而被瞧不起。

因為其他部族的自私想法，可憐的天族被圍攻，驅逐出四喬木領地；急水部落如同生長在水邊的苔蘚一樣，頑強地附著在山谷之中。

我對他們都很瞭解。還有血族，其實他們不配擁有部族的名稱，他們從戰爭和嗜血的渴望得到滿足，就會消失殆盡，只存在貓后說給小貓聽的故事中。

我是誰？我是磐石，在你們生前生活的領地之外，還有另一個世界，我就是那裡的守護者。我守護那個世界的時間比你們能想像到的還要長。

我還守護未來世界。

現在，噓！安靜聽我說。

雷族

雷族

小苔，讓我從你母親的部族開始說吧。許多貓都認為，這是一個最高貴的部族，是一個英雄輩出的部族，但我卻不贊成。

每個部族都有自己的強項和弱點，敘述者不同，你聽到的觀點也就不同。雷族貓的捕獵技巧，確實是其他部族望塵莫及的能力。我甚至可以說，連我都嫉妒他們的本領。但是，被禁錮在茂密森林裡的生活並不適合我。為了捕抓鳳尾蝶和落葉中的小動物，他們能夠讓自己的行動悄無聲息，甚至可以讓自己成為隱形貓。

你們都聽說過獵捕姿勢吧？他們把全身的力量都集中在身體的後半部，然後縱身一躍。這是雷族的特殊技能，其他任何部族都不具備。雷族一直都是戰士守則最勇猛的捍衛者。如果其他的部族打破戰士守則，每一名雷族戰士都會為之受傷流血。沒有貓會指責他們懼怕戰鬥，只要他們認為那場戰鬥是正義的，不像有些貓只是喜歡爪子撕扯皮毛的感覺，不需要任何藉口，就能發起戰爭。噓，小梅，我提到影族的名字了嗎？雷族有自己的邊界紛爭。在舊森林裡，幾乎每個季節，他們都會為了陽光岩的問題，與河族發生爭執。

部族貓剛到達森林的時候，這個石頭小山是座島，屬於河族，因為他們是唯一可以游到小島上的貓。但後來河流改道，一片乾涸的土地將小山與雷族領地連接在一起。從那時起，兩個部族就宣稱自己對小島擁有所有權。

在湖邊領地，雷族一直受到影族的威脅，兩個部族共有的邊界上紛爭不斷。現在，火星已經授權影族，同意他們在綠葉季時，能夠在兩腳獸用來度假的那片開闊草地上狩獵。

有一些貓說，這是明智的舉動，因為那裡的獵物很少。這也是雷族聲稱自己多麼公正和慷慨的另一個原因。可是我不知道，火星對影族領地的這次補償，能讓影族滿足多久。

火星

火星

是的，小青蛇，我知道雷族族長出生時是隻寵物貓，但我覺得，小貓在哪裡呼吸到第一口空氣並不重要。你可別忘了，火星已經向他的族貓們證實，即使他有寵物貓的血統，但他依然有保護部族的能力。他是所有非部族生中的佼佼者。

當然，沒有任何一隻貓會懷疑雲尾不是一名值得尊重的戰士，也沒有任何一隻貓會認為，黛西並未在育兒室裡為部族盡忠職守。但是，你能想像得到，當火星歡迎流浪貓和寵物貓進入戰士窩時，其他的部族是怎樣質疑他的。

小苔，當你母親把這個勇敢、好奇的寵物貓帶進森林時，她是怎麼想的呢？難道藍星是被他皮毛的顏色給迷住。或是因為她知道，他能實現那個火拯救雷族的預言？星族和藍星一樣需要他。

可憐的火星，好像一生中沒有遠大的夢

重責大任處理得很好，實現了星族的全部願望。也許，就連部族出生的貓，都很難發現虎星的背叛行為，也不能在風族被影族驅逐出去之後，將他們帶回家。

小青蛇，你看，你應該感謝火星幫助你的族貓。當然了，小梅，風族的確不應該被驅逐出家園！

甚至連沙暴也不計較火星寵物貓的身份了，而她的意見是非常值得尊重的。

我祝願火星平安長壽。

哈，其實我說的這些都是空話。因為我已經知道他九條命中的每一條會怎樣失去。

藍星

藍星

小苔，你的母親是一名偉大的族長，儘管她為此付出的代價比她預期的多了許多。

在那個風雪交加的夜晚，為了避免薊爪成為雷族的副族長，她拋棄了你和你的同窩手足。後來，薊爪在森林裡大開殺戒，血流成河。你應該為她對雷族的忠誠而感到自豪。

你還更應該為你的父親橡心感到驕傲。在他的撫養下，你的兄姊健康成長，成為了備受尊重的河族戰士。

藍星從未見證過自己小貓的成長過程。

你問火星是她對自己小貓的情感投射嗎？小傢伙，這是個有趣的問題。

她是那隻寵物貓的優秀導師，把他訓練成了一名英明自信的戰士。從陽光在他薑黃色皮毛上耀動的那一刻起，她就把他看成是雷族的拯救者。

斑葉曾告訴過她，只有火能拯救雷族。因此，在她眼裡，羅斯提一定是星族賜予的禮物。

大家都說藍星在生命最後倒數的日子裡發瘋了，但你必須想想她放棄了什麼——包括你，小苔——所以你就能理解，她認為自己有多麼失敗。

別忘了，她是為了將自己的族貓從狗嘴下救出來，才失去第九條命的。她跳進河裡，讓狗群跟著她追下去，最後全部被淹死。石毛和霧足在河族岸邊發現了她。因此，她在生命的最後時刻與孩子們和好，然後才步入星族的行列。

灰紋和蜜妮

灰紋和蜜妮

我不知道灰紋是否有任何敵貓？小梅，不要生氣，我認為就連影族也並非與每一隻活著的貓作對。

灰紋是第一隻和火星交朋友的貓，那時候火星還是一隻好奇心旺盛的寵物貓呢。我認為他和火星一樣，性格慷慨大方得有些可笑。

你們想想看，哪隻貓會在河水被污染的情況下幫河族獵食嗎？或者長途跋涉，到離森林非常遠的地方去救風族？灰紋的生活中也不僅僅只有友誼和行動。他和藍星一樣，愛上異族貓——河族銀流，並且與銀流產下小貓。

當他帶著失去母親的小貓去河族時，他的心都碎了，因為他不得不離開自己的部族，離開他最好的朋友。但他知道，只有在河族，他的小貓才會真正受到歡迎。

我想他是對的。儘管雷族貓都善解貓意，卻會對混血貓透露惡意。後來，灰紋意識到，他無法忠於他孩子的部族，只能忠於雷族，因此他又回到雷族。

在白風暴屍骨未寒，血族之戰最激烈的時刻，火星任命他為副族長，當時並沒有一隻貓表示反對。

現在，灰紋有了新的伴侶蜜妮，那是他被兩腳獸抓住時認識的寵物貓。

我想，雷族沒有意識到，多虧了蜜妮，他們族長最好的朋友才能安全地回到雷族。是她的決心讓他們逃出了兩腳獸地盤，是她的勇氣幫助灰紋能繼續追蹤部族大遷移的蹤跡，從舊森林走向湖邊。

我希望灰紋不可忘記，蜜妮離鄉背井陪他來到雷族營地，從許多方面來看，蜜妮犧牲了許多。

沙暴

沙暴

沙暴是火星忠誠的伴侶，也是松鼠飛和葉池的優秀母親。斑葉死後，她贏得火星的心……但她是因為這原因被後代歌頌嗎？依我的觀察，並不只是這樣，如果沒有她，火星可能無法帶領雷族對抗血族。

小傢伙，我發現你們都豎起耳朵在仔細聽了，很有趣吧。

先撇除星族的預言，以及火星勢必從血族奪回森林的決心不說，是沙暴讓雷族族長深信，與來自兩腳獸地盤的無賴貓作戰是對的。

他之所以信任她，是因為火星瞭解沙暴愛他勝過一切，她絕不會只是考量部族利益而犧牲火星的性命。她對火星的瞭解，超乎火星預期的多。甚至可以說，沙暴比斑葉更瞭解火星在想什麼、需要什麼，儘管斑葉這位前巫醫也在夢中提示許多事讓火星知道。

沙暴不只是火星背後強而有力的身影，她也必須要有相同的勇氣，才能陪伴火星踏上旅途，重建天族的新家園，讓那消失的部族重新復出。為了幫助失散的天族貓，她甚至扮演巫醫的角色。在與大老鼠的戰鬥中，儘管她只有一條命，也依然與火星並肩作戰。

是的，我對沙暴的敬意與好感，已經超出我對其他貓的尊重。

那隻一開始瞧不起寵物貓羅斯提的母貓，後來產生巨大的改變。

我希望火星不要辜負她的陪伴，而是要對她心存愛與感謝。

黃牙

黃牙

你們認識黃牙，對嗎？她現在也是星族的一員了。小苔，如果她對你發脾氣，那一定是你的錯，因為你惹毛她了！她應得的尊重比你們想像的更多。小梅，記住，她曾經也是你的族貓。

黃牙出生在影族，並在那裡被訓練成巫醫。但她在歷經不平凡的日子後從影族來到了雷族，最後，為了幫助雷族貓逃生，她死於一場大火。

雖然她性格暴躁、固執、缺乏耐心，但她可是我見過忠誠最高的貓。她的一生就是追求忠誠，首先是忠誠於影族，忠誠於她的巫醫職責，忠誠於她祕密生下的兒子。她兒子的父親是影族族長鋸星。

愚笨的黃牙！她明明知道巫醫是不能有伴侶的，更不能產下小貓。當碎星成為影族族長，血洗森林，甚至殺害沒有戰鬥能力的小貓時，黃牙逃過邊界，來到雷族，只因為她知道，雷族是正義的部族。

當時，還是見習生的火星把獻給部族的獵物給她吃，就在那一刻，她和火星的友誼，以及她對雷族的忠誠已經建立起來了。

大家都知道，她對於碎星的殘忍而感到自責。為什麼她要說服藍星讓碎尾住在雷族營地呢？那個瞎眼的碎尾就是狐狸心腸。

我簡直無法想像，當黃牙發現她的孩子密謀毀滅這個讓他生活的部族時，心裡有多痛苦。我知道，正是這種痛苦，讓她狠心殺了她那個不仁不義的孩子。

黃牙是隻勇敢且忠誠的貓，一般的貓即使有九條的長命歲月，也無法超越她遇上的挑戰與難關。

煤皮

煤皮

這是一隻本來可以成為戰士的貓，還是一隻得到過二次機會的貓。

不，小苔，星族沒有計劃讓煤皮在轟雷路上代替藍星被撞。雷族族長可能會失去一條命，也可能會帶著一條傷腿繼續帶領部族。

當煤皮落入虎星的圈套，戰士之路被斷送時，你們的戰士祖靈和森林貓一樣驚恐。毫無疑問，她是一名出色的巫醫，也應該如此，因為她的導師是黃牙。但星族不像對其他的巫醫那樣，在她耳邊交代清楚一切。

還記得那個火與虎的預言嗎？燃燒的草葉被她解釋成警告——棘爪和松鼠飛將聯合起來毀滅雷族。

她錯了。相反，他們去了太陽沉沒之地，解救四族，替部族貓找到一個新家園。但是，星族並沒有因此而責怪煤皮。他們從一開始就知道，她根本就不應該成為巫醫。

他們又對她進行了一次測試，然後才給了

她第二次機會：星族告訴她，她將在何時死去，然後讓她在知曉自己死期的情況下繼續生活，而且當時她的見習生葉池就要和鴉羽一起離開雷族了。

煤皮生活在知道自己死訊的陰影之中，卻依然活得那麼勇敢，那麼高貴，拒絕受到誘惑，拒絕乞求葉池留下，以此來證明她值得擁有第二次生命。她回到森林裡，成為栗尾的一個小貓。

希望你們的祖靈這次能夠更加密切地關注她。

葉池

葉池

這是一隻生來就注定要成為巫醫的貓，小梅，我看到你的眼睛發亮了。如果你還活在你出生的部族中，這就是你將要選擇的道路嗎？

從葉池和松鼠飛出生的那一刻起，她們總是知道對方在什麼地方，或者有什麼感受。星族刻意促進這種情感聯繫，因為他們知道，松鼠飛會踏上旅途，遠離森林——比任何一個部族走過的路更遠——他們需要雷族有一隻貓隨時知道她經歷的事情。

有一段時間，儘管葉池還很小，卻好像知道世界的各個角落和地平線另一端的風景。當部族到達湖邊時，她就知道他們找到了新家。

而灰紋永遠不能再回到雷族時，她就知道棘爪將成為雷族強壯、忠誠的副族長。她甚至知道，部族真正在湖邊定居下來之前，會發生血戰。而且，她還親眼看到，為了救火星，棘爪失手殺死他同父異母的弟弟鷹霜。

但是，有一件事情葉池沒有預料到：她沒有想到自己會墜入愛河，而且是愛上一名風族戰士。

是的，小青蛇，我相信，風族戰士鴉羽是最優秀的戰士。但是，葉池是巫醫！根據戰士守則，他們的關係從一開始就是錯誤的。有這麼多的環境因素限制了這段戀情，他們彼此的愛怎麼可能有結果呢，最終注定走向苦難與不幸的結局。

直到現在，這件事在部族中引起的風波與迴盪還未停止，還在以葉池無法預料的方式，影響著他們的未來。

松鼠飛

松鼠飛

如果說葉池像水，平靜、深沉，那松鼠飛就是火。她的能量足以燃燒森林裡的每一棵樹，她的舌頭足以在山毛櫸的樹幹上舔出印記。

我認為松鼠飛是值得託付性命的貓兒，只因她不會做出任何她認為不正確的事情。不，小梅，這與總說實話不是一回事。松鼠飛也有自己的祕密。

星族真勇敢，竟然讓棘爪帶她去太陽沉沒之地。不過，我記得松鼠飛也沒給他更多的選擇，即使棘爪不同意，她照樣會跟去。但她也多次證明，她是值得與棘爪同行的同伴，旅程回來時，她成為了一隻更優秀的貓。如果她留在森林，我想，她將永遠只是葉池的姐姐，那個精力充沛、習慣惹麻煩的見習生。

那次的旅程證明，松鼠飛既有她父親火星的勇氣，也有她母親沙暴沉穩的意志，雖然後者在雷族總是不被欣賞。

你們都知道，是灰毛先愛上她的。他看出了她頑皮任性和火暴脾氣後面隱藏的內涵，而棘爪只把她當作一個喜歡吵鬧的討厭傢伙。灰毛本來可以成為一個好的伴侶，但他卻不欣賞她的衝動所付出的力量。

松鼠飛認為自己需要的是一隻與她個性同樣火爆的貓。而不是一隻只知道包容她的貓，那隻貓就是棘爪。

松鼠飛和棘爪一起經歷了許多事情。她是松鴉羽、冬青葉和獅焰的好母親。我希望松鼠飛能因為自己的付出得到應有的回報。

棘爪

棘爪

虎星的兒子棘爪，一直走在一條光影交錯的人生道路上。有時，他一定會有這種感覺，彷彿他的生命，全部都被用來證明他對雷族的忠誠。

他是第一隻被選中前往太陽沉沒之地的貓。如果藍星能夠毫不猶豫地信任他，他的族貓也許都會服從她的統領。

我甚至不認為尋找午夜的使命該交由火星率領其他貓完成，因為他的好奇心太重，性格過於慷慨，注定會分散注意力，旅程上會不停地幫助所遇到的任何一隻貓。

但是棘爪不同，他若是沒走到懸崖邊，沒找到午夜，是絕不會輕易停下腳步的。然後，他回到森林，再次踏上旅程。這次是和雷族以及其他三個部族一起，尋找一個新的、更安全的家。

這隻高貴勇敢、忠誠，為了幫助族貓可以不惜犧牲一切的貓，你認為他還需要用什麼來證明自己？

只是，只是……他仍然時常夢到父親虎星，讓父親教他怎樣獲得力量，他甚至和鷹霜一起密謀過。這表明他仍然缺乏經驗豐富的戰士應有的遠見。

他的內心真的那樣純潔嗎？虎星的兒子真的能從陰影中走出來嗎？

你們三個怎麼眼睛都瞪這麼大，死盯著我啊？好像我知道答案似的……

好吧，我確實知道答案。但現在還不是告訴你們的時候。有些事最好還是讓命運來揭開吧。

灰毛

灰毛

你們以前一定聽過他的名字！星族的長老們一直都在為他的命運而煩惱，不知道失去松鼠飛的愛之後，他會走向何方？

遺憾的是，灰毛一直在為松鼠飛的事情和棘爪發生爭執。你們知道，儘管他和松鼠飛不是最相配的貓，但他的確非常愛她，很想保護她。無論遇到什麼事，松鼠飛總是全力投入，有時候，這是她學會事情的不二法門，

灰毛卻總是阻攔她。但灰毛是一名強壯、英勇的戰士。如果爆發戰爭，我倒是希望他是我的戰友。

雷族的任何一隻貓都會說他將獅焰訓練得非常出色，他將獅焰教育成雷族有史以來最優秀的戰士之一。有的貓可能會指責他說話時總喜歡針鋒相對，不同意一個決定時會太過於狡辯。你看塵皮也是這樣的貓，他從頭至尾都不喜歡火星，但他卻是一名膽大勇敢、值得信賴的戰士，所以也贏得了族長的尊重。

儘管灰毛和棘爪為了得到松鼠飛的芳心一度成為對手，但這並不妨礙他成為雷族忠誠的戰士。

你們要小心。如果你們輕信松鼠飛和棘爪的話，就很容易把灰毛看成一隻為了復仇而製造麻煩的貓。但你應該嘗試聽聽其他貓的觀點，以及他自己的看法，屬於他自己的故事版本。

亮心

亮心和雲尾

我和亮心有相同之處：所有貓兒第一次看到我的臉時，也會把頭扭開。也許我的樣子並不一直都是這樣，也許我也曾和你們一樣，有著厚厚柔軟的皮毛，眼睛清澈透亮，可以看到比陰影和月光更多的東西。但即使是那樣，也是很久以前的事了，比你們任何一位祖先的記憶更久遠。

亮心記得她慘遇虎星訓練過的那群狗襲擊前的模樣。每次看到自己的臉，她心都碎了。你們是不是覺得奇怪，她為什麼從來不去湖邊？這就是原因。

在族貓的眼裡，她是勇敢的，因為外來的貓或者小貓看到她的傷疤時都會尖叫，但她幾乎連眼睛都不眨一下。

但是，每當身邊沒有其他貓陪伴時，她的第一個戰士名——無容，都會在她的耳朵裡回響。當時要是她能看到自己的內心，能看到自已的勇氣、忠誠和奉獻中所蘊含著的美麗，我想她會過得更好。

只有雲尾從沒在她面前退縮過，他了解與眾不同的含義，只因為他自己那身蓬鬆雪白的皮毛。小梅，他甚至比你還要顯眼。

火星的寵物貓妹妹公主，將她生下的第一隻小貓送來雷族生活，想讓他成為雷族戰士，她可能覺得成為森林戰士就像戴上兩腳獸的項圈一樣容易。剛開始時，雲尾學得很吃力，甚至跑回去過寵物貓的生活，直到星族和火星救了他，給他第二次機會。

直到現在，他還是不相信星族。不過，他的確相信忠誠，相信自己應該保護部族。戰士守則要求的正是這些。

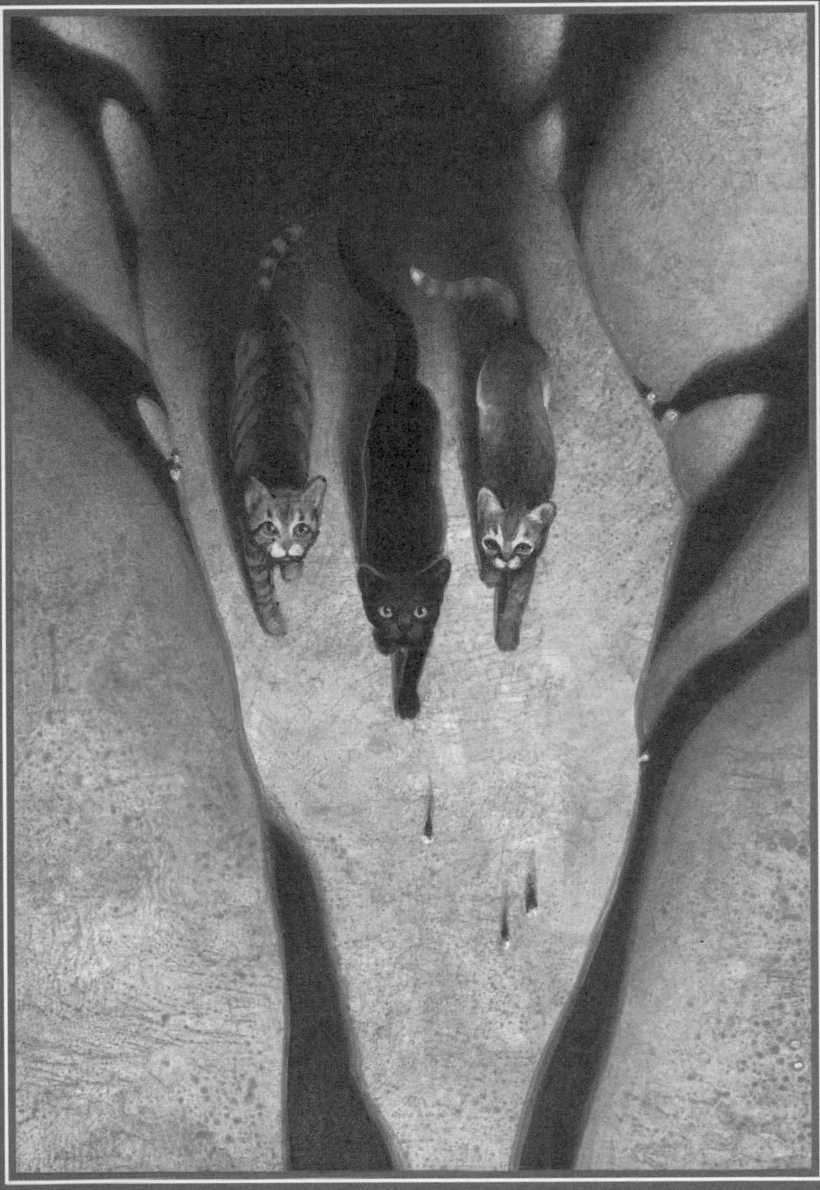

松鴉羽、冬青葉和獅焰

松鴉羽、冬青葉和獅焰

將有三隻貓，你至親的至親，星權在握。火星等了很長時間，才等到這些小貓出生，他帶著恐懼等待，而非在希望中等待。因為他不知道，如果小貓掌握著比星族還要強大的力量，會發生什麼事？

現在，那些小貓出生了。火星別無選擇，只好在一旁等待，看他們會走上什麼樣的生活道路，他的部族能否倖存下來……

獅焰是和虎星一樣勇敢的戰士、獵者和鬥士。但話說回來，他也應該是這樣的貓。因為火星的老敵人一直在黑暗森林和他見面，訓練他、鼓勵他，讓他變得更加勇猛、無畏。如果沒有這隻幽靈貓的幫助，獅焰能那麼強壯，那麼善戰嗎？

冬青葉是一位思想者、謀略者。她敏感、機靈，知道一種作為可能導致所有不同的後果。對她來說，戰士守則是部族貓做出各種選擇的基礎。為了捍衛它，她願意踏上最艱辛的道路。

小傢伙們，記住，智慧比爪子更加鋒利。

松鴉羽是一隻瞎眼貓，但他在夢中則是未瞎的狀態——即使是在其他貓的夢裡一樣也能看得清楚。他能記住各種藥草的名稱和用途，天生就會解讀星族的訊息，注定成為一名巫醫。但夢是私密的，我可不希望我在睡夢中有外來貓來騷擾。

三隻年輕貓的眼睛裡閃著星光，皮毛起伏時能發出遠古的風的低語聲。一定要記住：力量本身是既不好也不壞，但力量的使用者卻足以讓它變好或者變壞。

影族

影族

啊，那些邪惡的貓！影族貓的心已經被山地上刮來的風吹冷，每一隻小貓都受到了同樣的教育，每隻影族貓一樣渴望戰鬥，渴望得到更多的領地，渴望腳下血流成河的溫潤感覺。

好了，小梅，把爪子縮回去。我不是在重複育兒室裡母后們會講述其他族的故事。

影族戰士自豪、善戰。他們領地上的獵物最不豐富——沒有河流，沒有魚，沒有藏滿兔子的地洞，甚至沒有茂密的樹葉可以讓燕雀和松鼠隱藏其中。他們的領地上只有蜥蜴和青蛙，還有吃兩腳獸扔在垃圾堆裡的廢棄物和老鼠。他們有什麼理由不抓住每一個飽肚的機會，往他們的獵物堆裡補充些別的食物呢？

他們是夜間狩獵者，因為他們的沼澤地上沒有鳳尾蕨和荊棘叢。如果沒有樹葉和荊棘叢可以藏身，黑暗就是他們圍捕獵物時唯一的掩護。他們的確也使用這個技巧突襲敵人，但影族貓的捕獵動作是否只被用於狩獵呢？我想不是。

沒有貓會否認，影族貓常常引發流血事件，至少最近總是這樣。讓他們打仗的貓是影族族長，但你們不能指責影族戰士和見習生忠誠地追隨他。他們受到訓練的目的就是要勇猛、自豪、獨立，隨時準備保衛邊界和他們少得可憐的食物。如果其他的部族害怕影族，也許是因為任何貓都不希望與他們為敵。有時，好像連星族也和森林裡的部族貓一樣害怕影族，因此，他們才讓鋸星死在自己兒子碎尾的爪下，還拒絕賜予夜星九條命，因為碎星還活著，儘管他只是雷族營地裡一隻瞎眼的囚徒貓。

也許，就連我們的戰士祖靈們也沒有忘記宿怨，影族將不得不與其他受到優待的部族繼續戰鬥很長時間。

虎星

虎星

如果能夠知道虎星究竟是把自己當作影族貓還是雷族貓，倒是件很有趣的事。他在自己出生的部族生活了很長一段時間。但據我所知，他後來沒在任何影族貓的夢裡出現過，除了他的女兒褐皮，不過她不會聽他的。

虎星現在出沒的那片黑暗森林已經不是我能介入的。

好奇的小傢伙們，你們也不應該試圖去那裡尋找答案！你們現在跑到這裡來，已經走得夠遠了。

我可以想像得到，我一提到虎星的名字，你們的爪子就會開始抓耙石頭地面。他的血腥故事甚至可以用來嚇唬星族的頑皮小貓？

自從發現有機會殺死自己的副族長紅尾的那一刻起，也就是在與河族的陽光岩之戰中，虎星的一生道路上就布滿屍骨。他比其他任何一名戰士殺掉的貓都要多。

我們需要排列一下因他而死的貓的名字

嗎？紅尾、追風、斑臉、疾掌，以及被他引來的狗墜落河谷的藍星，還有石毛。我們還可以把血族之戰中死去的所有貓的帳都算在他頭上，因為是他把鞭子帶到森林裡來的。

愚蠢、自大的虎星，是他自己的私心害死自己的。他是森林中最了不起的戰士，也是在戰爭中最勇敢的戰士，可是現在，他只能在黑暗森林中遊蕩，唯有他那個混血兒子鷹霜與他做伴。我不知道虎星現在看著身邊的孩子時，是否還記得自己擔任虎族族長時無法容許混血貓的事。

現在，只要發現表現得像他們過去一樣的小貓，他們仍然會悄悄地在小貓耳邊說：做勇猛的戰士，要有雄心壯志，為自己感到自豪。

獅焰應該當心。這些貓不是他的盟友。

碎星

碎星

小梅，別緊張，你在這裡很安全。

碎星不敢隨便到這些地洞中來，不僅僅是因為害怕黑暗。育兒室裡的貓后們用他的故事來嚇唬小貓時的內容，真的一點都不誇張。依據戰士守則來說，他的出生甚至都是禁忌的。

影族巫醫黃牙愛上影族族長鋸星時，星族貓的心情都變得很沉重。黃牙把她的小貓交給一位影族貓后撫養，這又犯下了第二個錯誤。那位貓后千方百計地讓那隻尾巴彎曲的小貓知道，他在她的巢穴中是不受歡迎的。

碎星只找到一種方法可以讓族貓尊重他——殺掉鋸星。

從那以後，他不僅開始向族貓證明，也向森林裡的每一隻貓證明：自己是部族歷史上最強壯、最無畏的戰士。

當碎星率領影族攻打風族，把風族從森林裡驅逐出去時，他們的戰士祖靈只能無助地看著。

接下來，他們轉而進攻雷族，只因為他們嫉妒雷族擁有獵物豐富的樹林，斑葉就死在那場戰鬥中。即便是瞎了眼睛，成為囚犯後，他仍然與虎星密謀，偷襲提供他吃住的雷族。

其實，要不是黃牙替他求情，他早就被處死了。他死得不像個戰士，因為他沒有倒在戰場上，而是被自己的母親強迫吃下死莓，但這也合情合理。

小梅，黃牙為你的死，為所有被迫成為戰士而死的小貓們報了仇。

黑星

黑星

影族不得不經歷許多個族長，才能擺脫碎星和虎星殘暴統治造成的影響。

夜星曾試圖挽回影族的名聲，但一直無法成功，因為星族拒絕賜予他九條命，原因是身為雷族犯人的碎星還活著。

黑星先是碎星的副族長，然後是虎星的副族長。經歷了膽小怕事、痛苦折磨的統領之後，影族一定覺得黑星是一隻能率領影族重返榮耀的貓，可以讓他們重溫那些被森林貓所敬畏的日子。

沒有哪隻貓會因為黑星曾不得不追隨虎星的腳步——血洗部族，讓部族支離破碎而記恨他。他一直都做得不錯——重整部族，率領族貓踏上大遷移的旅途，在湖邊建立一個新家。

黑星從不提及影族每場戰鬥必勝的那些日子。那時的影族看起來彷彿真的可以掌管整個森林，讓其他的部族為他們服務。他再次建立起影族貓的驕傲與自信，讓他們相信自己有資格成為湖邊的四族之首，相信自己勇敢善戰。能在森林大會上得到其他部族的尊重。

小苔，你可以將你的毛髮平順下來了。

如果說黑星曾威脅過雷族邊界，那也許是因為星族再次把獵物最不豐盛的領地給了影族。他們可能非常需要在沒有灌木和鳳尾蕨藏身的沼澤地上捕獵度日，擁有足夠的食物來養活自己！

想讓其他部族忘記影族好戰的過去，黑星還有很長的路要走，影族需要得到寬恕的事情太多了，而記憶總是比戰鬥傷疤消失得要慢。但是，也不應該因為對自己的部族感到自豪而受到懲罰。

褐皮

褐皮

如果一隻得到信任的雷族貓沒有選擇去影族生活，那雷族就不會那麼容易憎恨和害怕影族了。

不過，也許雷族更應該尊重她的判斷力。褐皮不支持虎星做過的一切，但她已經為父親犯下的罪過受到「懲罰」，她在雷族生活時，總感覺缺乏族貓的信任。棘爪努力證明自己，並成為雷族一員。褐皮卻更喜歡找一個能證明自己實力的地方，努力贏得好評過日子。

星族選擇褐皮代表影族踏上尋找午夜的旅程。這個選擇對雷族來說也許是個挑戰，大為表示祖靈們同意褐皮找到最適合她的家。

如果當初不是她願意去部族邊界以外的地方看看，這趟旅途就不會那麼成功。她比同伴們更先發現鴉羽的能力。如果沒有她的鼓勵，羽尾更難從對這名風族戰士的愛情中解脫出來。

褐皮深深相信，自己可以成為一隻忠誠的

影族貓，心裡不會有任何黑暗的想法或目標。

當虎星在她的夢裡召喚她去黑暗森林時，她拒絕聽從。她知道，虎星不能幫助她得到她最想要的東西：忠誠、安全與和平。

她會為了影族而參加戰鬥，但她永遠不會忘記她在雷族的血親。當他們的新家受到兇猛動物的騷擾時，她接受棘爪的幫助。在急水部落需要幫助的時候，她和棘爪一起去山地。

她已經證明，忠誠的含義並不意味著必須把其他的貓當做對手來看待。

小梅，你應該為褐皮感到自豪。她和她的小貓們可以極大地挽救影族的名聲。

圓石

圓石

圓石是一隻在出生於血族的影族貓。他把虎星帶到鞭子面前，讓他們結盟成為血洗森林的可怕同夥。

他是一名愚蠢、倒楣的戰士，內心過分渴望虎星對他刮目相看，以至於忘了自己所出生的部族本質，以為鞭子真的會為了得到一片可以狩獵的樹林而信守諾言。

實際上他不是一隻性格邪惡的貓，他從沒試圖展現自己陰暗的野心。他只是太過於信賴戰士守則。圓石和一般小貓不同，他在血族的幼年生活過得很悲慘，不能與自己的同窩手足聯繫，只能在兩腳獸的垃圾堆中找食物。

後來，圓石遇到了一隻森林貓。那隻森林貓跟他說了部族的生活、戰士和見習生，還有受到保護的邊界等。於是，他離開血族，到松樹林裡生活，並學會怎樣捉青蛙。

他在兩腳獸地盤上的生活彷彿噩夢散去，只是偶爾出現在夢中，最後變成模糊的影像記憶。他只依稀回憶起那些紅色石頭、臭氣薰天的巷子以及鬼鬼祟祟的說話聲。

不過有一件事他深記著：帶領一群兇猛嗜血的貓，代表他的部族而戰。最好不是他們自己流血，而是讓別的部族流血，尤其是讓那些令他的幼年生活如此艱辛的貓流血。

他的錯誤判斷最後讓他付出了極大的代價。

小雲和鼻涕蟲

小雲和鼻涕蟲

小梅，鼻涕蟲竭盡全力拯救你的性命。你是他那天看到第三隻掉毛髮的小貓，你的皮毛呈猩紅色，彷彿染上了死亡莓果的顏色。

黃牙把小雲訓練成巫醫，但他所有的藥草知識都無法挽回你幼小的生命。你的性命脆弱得像一片雪花般融化在岩石上。不過你可別忘了，他的藥草甚至沒能止住自己的鼻涕，因此，你也許根本就不該對他的醫術太有信心。

鼻涕蟲要求成為黃牙見習生的那天，一定就已經開始後悔了。做為碎星的巫醫，他被迫解讀惡兆，知道他那嗜血的族長除了想讓影族贏得戰鬥之外，還想獲得更多益處。

然而，當見習生們都被拉出育兒室上戰場，他曾試圖將影族從血腥的生活中拯救出來。

碎星被雷族抓住時，鼻涕蟲要保守的祕密就更多了。

星族不賜予夜星九條命這個事實，使得他

的良心比石頭更加沉重。

小雲是鼻涕蟲的見習生，但他是受到雷族巫醫煤皮的鼓勵才選擇這條路的。影族貓從垃圾堆的家鼠那裡傳染上了疾病，結果演變成一場瘟疫，那瘟疫就像利爪般撕扯著戰士們的性命。是煤皮解救了他的危機，結果煤皮因為偷用雷族的庫存藥草給兩名影族見習生治病而受到了懲罰。

風族

風族

小青蛇，你是不是坐得更挺了？其他貓總是不屑地說你們被碎星趕出家園，你的族貓還願意為了保護邊界而結盟。但不管他們怎麼說，你都應該為自己出生的部族而感到自豪。軟弱和脆弱之間有極大的區別，你的部族並不軟弱，但很脆弱，這是生活在高地上所需要付出的代價。

風族用了很長一段時間，學習如何在寬闊的地面上生活。在這個地點，速度和危機意識比祕密行動和獵捕本領更重要。而且，他們生活在天空下高高的山上，離星族更近，也許這可以解釋風族的戰士祖靈為什麼一再地寬恕他們。

對於這樣一個備受折磨的部族來說，風族貓與其他部族的貓建立友誼的速度可以說是快得驚人。當火星和灰紋帶領風族從轟雷路回來時，晨花和一星（當時還叫一鬚），就跟他們結成了生死同盟。

其實，與風族貓做朋友並不容易，他們的性格已經變得如同他們追捕的兔子一樣，多疑慮又易驚嚇，卻又能堅定地保護著同族貓。但他們知道，來自盟友的危險一定比來自敵貓的危險要少。正因如此，他們才有「喜愛和平的部族」這樣一個好名聲，是四族中最不會為了食物或權力而入侵別族領地的貓。

火星進入森林之後，看過他們為了抵禦強敵的進攻，先後與河族、雷族，甚至是影族結盟。無論敵貓怎麼說，這種遠見都是一種力量。而且，認為風族貓歷來只真正忠實於自己部族的這個想法也是錯誤的。

兩腳獸拓寬森林裡的轟雷路時，受害最多的就是風族。他們眼睜睜地看著巨大的黃色怪獸將他們的領地變成兔子稀少的泥地。兩腳獸還試圖毒死他們，讓他們也成為獵物，後來又圍捕他們，把他們囚禁起來。

他們必須表現出極大的勇氣，才沒有在其他部族決定離開舊家園之前，就先從森林裡逃走。只要還有貓在湖邊生活，風族就不會離開湖區。

他們步伐矯健、目光敏銳，像苔蘚依附在岩石上一樣恪守戰士守則。

高星

高星

小青蛇，高星殺死了咬你的那條蛇，你知道嗎？

他把漫長的九條命全部用來為自己的部族而戰，或者保護邊界；或者建立同盟，以便讓族貓們多得到幾個月的和平；或者與在自己領地上那些想傷害他的小貓們的壞傢伙作戰。

有些貓認為，他太急於與其他部族交朋友，太樂意讓別族族長對他的族貓的安全負責。

但火星和灰紋冒著生命危險把他的部族從轟雷路上帶回家，他還能怎麼辦呢？以自己祖靈的性命發誓，與他們終生為敵？他對兩名英勇的年輕戰士的感恩和尊重，不等於轉過身顯露自己腹部最柔軟的弱點。

有需要的時候，高星可以像雄獅一般勇猛作戰，但他不喜歡看到族貓喪命於草地。當藍星以為風族要偷獵自己領地上的獵物，試圖率領部族與他作戰時，高星聽從了火星的警告，相信藍星錯了，因此拒絕投入戰鬥。

大遷移就要完成的時候，他失去了第九條命，但他知道自己已經把部族安全地帶到了新家。

彌留之際，所有他的智慧、遠見都拋棄了他。他懷疑副族長泥爪的野心，於是讓一鬚成為副族長，替代了泥爪成為族長的機會。愚蠢的高星，他應該想到，泥爪一定會懷恨在心，如鯁在喉。

看到自己最後的決定差點毀了他長久以來奮力保護的部族時，高星一定驚愕不已。

一星

一星

這隻貓，讓我可以跟你們講個高處不勝寒的故事。

他和火星在從轟雷路回來的途中相識，之後便成了好朋友。兩名年輕戰士都認為對方誠實正直，並且有為部族效力的雄心。他們的友誼無數次幫助到雷族和風族。

當藍星指責風族偷獵，高星之所以同意不接受挑戰，部分原因在於一鬚（一星）。風族貓不止一次越過邊界，進入樹林，但都沒有受到苛責。火星相信，他可以永遠信賴他們的友誼。

因此，得知高星在即將失去第九條命時更換副族長，他高興極了。但一星當上族長之後，他與火星的友誼卻搖搖欲墜。突然之間，邊界另一邊曾經支持他的朋友好像變成了負擔。他生怕雷族會要求風族償還這筆恩情，直到湖水乾涸。一星知道，其他部族說他是火星的寵物貓，隨時準備翻過身，讓雷族族長給他搔癢。

他需要得到同族貓的尊重，但許多族貓都曾是泥爪的支持者。因此，實現這個目的的唯一辦法，就是讓風族獨立，堅信他們能在沒有雷族支援的情況下，面臨任何挑戰。

他面臨的第一個挑戰就是讓火星明白：他們彼此身為鄰族族長可以互相尊重，但不能期望在對方那裡得到任何好處，也不允許任何擅闖邊界或友好巡邏的行為發生。

這對火星來說非常艱難，但對一星來說更難。他想念自己的雷族朋友，尤其在剛當上風族族長，奮力說服自己有權力擔任族長的那些日子裡。在他最需要同盟的時候，他不得不孤軍奮戰，眼看著一段長期的友誼慢慢消失。

泥爪

泥爪

泥爪是風族戰士中最資深的。他之所以能成為副族長，是因為連高星都意識到，自己那種追求和平的領導方式，需要得到不怕亮出利爪的戰士的支持。

泥爪一心一意地為自己的部族效力——這讓他不受火星和灰紋這樣的貓歡迎，因為他們認為自己與風族有特權關係，可以越過邊界，不怕被當成入侵者對待。

泥爪對風族如此忠誠，高星卻仍然決定用一鬚替換他，這是對他的可怕背叛。

難道泥爪有可能成為如此可怕的族長嗎？是的，他很有野心——不過他的野心是僅限於成為自己部族的族長，沒有貓會懷疑這點。風族族貓都相信，他會為了保衛部族獵物和邊界而獻出生命。

他不是唯一一隻認為自己被矇騙的受害者，他在河族和影族都有支持者。他沒去雷族尋求幫助，因為他知道火星和一鬚的友誼。當泥爪試圖奪回等待已久的領導權時，鷹霜卻在夢中受到父親的煽動，從內部分裂風族，趁機篡奪權力的機會。

泥爪不知道鷹霜在做什麼。就他所知，這是一場公平的戰鬥，他與一鬚之間的爭執，沒有和高星的爭執那麼大，因為高星沒讓這名忠實的河族族長得到應有的尊重。最終侵略失敗，泥爪被一棵從島上倒向岸邊的大樹砸死。

這是星族又一次彰顯他們對部族的忠誠，明確表明想讓一鬚成為新族長的徵兆嗎？或者，只是剛好有一道幸運的閃電劃過，不僅除掉了一隻愛惹麻煩的貓，還搭起一座通往大集會集合地的橋？小傢伙們，有些問題甚至連我也無法回答。

鴉羽

鴉羽

是什麼讓星族挑選這個經驗不足、沉默寡言、自我保護意識很強的見習生，代表風族去往太陽沉沒之地的？他是那個預言中唯一不是戰士的貓，也是唯一在旅途中沒有老朋友的貓。

小苔，你可能會說他脾氣暴躁，不喜歡幫助別的貓，但他同意與他們一同前往，不是嗎？儘管他幾乎不認識其他的貓，而且棘爪明確表示照顧貓群由他來負責，鴉羽幾乎起不了多大作用，只不過是另一隻也需要分食的傢伙而已，不過他卻從未打過退堂鼓。

他與尋找午夜旅程的其他貓一樣，面對充滿敵意的寵物貓或饑腸轆轆的狐狸皆是英勇地作戰，並與同伴們一起面對午夜，因為他知道，他有權利聽到她傳遞的資訊。

在其他貓的眼裡，是羽尾幫助了他，因為她從他羞怯的表情和犀利的話語中看到了別的東西，並在他身上找到了可愛的地方。他也愛她。看到她死在瀑布後面的洞穴中時，他雖沉默無語，但心裡的痛苦幾乎將他撕成兩半。你們知道嗎，他的戰士名號是自己命名的，就是為了紀念羽尾。後來鴉羽重新墜入愛河，這次他愛上的是葉池──雷族巫醫。

星族當時是否已經完全把他給忘了，又或許他們正在為他即將犯下的錯誤而懲罰他？總之，他的戀情注定會以澈底的失敗而告終。

讓他們回到湖區的，不僅僅是葉池對雷族的忠誠。鴉羽自己也說，為了解救雷族對抗獾群的襲擊，他們必須回去營地。他太愛葉池，所以無法強迫她放棄身為巫醫的職責。那一刻，他是否已經失去對幸福的希望呢？

夜雲和風皮

夜雲和風皮

如果夜雲像葉池那樣溫柔、多情，像松鼠飛那樣精力充沛、古道熱腸，那你會更加為她感到遺憾的。

畢竟，鴉羽最終選擇她做伴侶，是為了證明自己忠於風族，所以不會與雷族巫醫私奔。但她是一隻很難讓公貓喜歡的母貓——脾氣暴躁，對鴉羽與她的兒子風皮有著強烈的占有欲。

小青蛇，不要發出噓聲。我說的都是我的真實想法，也許某些貓會說這是貓后對小貓的愛，但我卻認為那是嫉妒和自大。夜雲應該相信她的兒子有能力證明自己的價值，不必常常不問青紅皂白就跳出來維護他。而她也許應該記住，在鴉羽選擇的所有伴侶中，她是唯一得到星族許可的。

風皮和他母親的個性一樣自大，但也許我們可以理解他，他總是隨時準備為了保護風族而大開殺戒的行為。

他聽說過有關父親的傳言，知道有些貓懷疑鴉羽對風族的忠誠，還聽說他父親在邊界以外有心儀的貓。風皮不知道父親心儀的貓是誰，但他不會讓族貓也對他的忠誠產生質疑。

他是一星最需要的戰士，兇猛、勇敢、忠誠，完全相信風族可以贏得每場戰鬥。但如果戰鬥都是有原因的，如果他周圍的貓曾經犯錯，做出過錯誤的判斷，那麼他就需要明白，戰鬥從一開始就是不公平的。

石楠尾

石楠尾

小傢伙們，石楠尾曾經來過這裡一次。她和你們一樣，坐在這個岩壁下，想像很久以前有貓曾在這裡生活過。但對她來說，那只是一個遊戲。那些貓都是暗族成員。暗族是她和獅焰在地洞裡約會時自創的部族。

在獅焰眼裡，石楠尾是他在地下這麼深處能遇到最勇敢、最可愛的同伴。但是，是什麼讓石楠尾如此堅決地祕密約會她的雷族朋友呢？她認為戰士守則不適用於她嗎？她堅持說他們沒造成什麼傷害，但虎星和鷹霜發現，獅焰把他們最好的戰鬥動作教給了她，並看出了其中的危險。

但除了自私，我不認為石楠尾有什麼需要慚愧的。她一直忠於自己的部族，儘管她很幸運，從未在戰場上與朋友交鋒。

你們可能會說，石楠尾到這些地洞中尋找失蹤的風族小貓，表現出了極大的勇氣，但如果小貓們之前沒有跟蹤她，他們會找到來地底的路嗎？那天晚上，差點失去七條性命，我那根樹枝上差點被多刻上七道抓痕。

星族沒有力量在這裡解救他們，河流阻隔了他們的視野。就這麼簡單。

別擔心，小貓們。今晚沒有下雨，河水沒漲。天亮之前，你們都是安全的。

河族

河族

小苔，如果你願意嘗試的話，一定能游過那條河。

你已經被那幽深的河水迷住了嗎？你能想像它從你的皮毛上滑過的感覺嗎？記住，你有一半河族血統。河族貓天生就愛水，這種愛是任何其他部族都無法分享的。這就意味著只有他們能夠從湖和河裡捕食。

因此，即使在禿葉季，他們也營養豐富、皮毛光亮，其他的部族卻可能在挨餓。河族貓是不願意分享獵物的。不過，當河裡不新鮮的魚害他們都生病時，他們很快就接受了火星和灰紋主動提供的林地新鮮獵物。但我無法想像他們會還這份情。

然而，他們讓雷族到河族領地的河邊避火。因此，我想也許我對他們的看法不太公正。我只是覺得他們太驕傲了，有點故作矜持。他們說自己的領地是安全的，因為其他的部族害怕他們、尊重他們。但實際上有可能只是因為其他的部族不知道怎樣處理魚頭和魚尾。

在其他部族的獵物堆上能找到兔子、田鼠和鳥，但即使各族都有延伸到湖邊的領地，也不會到湖裡去捕獵。

河族貓生活在森林裡的河邊看似益處良多，其實背後也是要付出一些代價的。兩腳獸在每個綠葉季都會入侵河族領地。他們住在小巢穴裡，那些巢穴是用很薄的綠皮做成，立在水邊的土地裡。他們還把上下擺動的小船放到河裡，把魚兒都嚇跑了。

你們知道嗎？被兩腳獸偷走的河族貓比其他部族的貓都要多。當然，兩腳獸都是為了把他們帶回去當寵物貓養。小兩腳獸看到河族貓在岸上曬太陽，就想讓那皮毛光滑的漂亮戰士住到自己的巢穴裡。

怎麼了，小傢伙們？你們以前從未聽說過這回事嗎？我一點兒都不感到驚訝，河族從來不說這種事，即便現在也是如此，因為幾乎沒有一名被偷走的貓戰士回來過。

曲星

曲星

火星剛來到森林時，曲星還是河族族長，橡心是他的副族長。當羅斯提還是小貓的時候，河族就贏得了陽光岩的所有權。為了嘲笑雷族這手下敗將，只要天氣晴朗，河族貓就會游過河去，躺在那裡曬太陽。

有一天，曲星和他的同窩手足在陽光岩上玩得太過火，不小心摔傷了下巴，傷處因此成為他名字的由來。從那時起，為了贏得族貓的尊重，他就不得不更加努力地打仗、捕捉更多的獵物，更忠誠地保護部族使之更加強大。

自從橡心跑去告訴他，在雪地裡發現那兩隻迷路小貓的那一刻起，他就知道霧足和石毛的母親是誰了。小貓皮毛的顏色和他們身上的氣味都足以說明了這一點。

曲星還知道，把藍星的小貓撫養大，意味著他的部族將增加兩名強壯的戰士。如果到了需要向河另一邊發動攻擊的時刻，這也可以成為雷族族長的弱點。因此，他假裝不知道這兩隻小貓是從哪裡來的。

不過當灰紋帶著羽尾和暴毛過河時，曲星是很明確地表現出不高興的態度。灰紋的伴侶銀流是他的女兒，他想讓他的血親留在自己的部族裡。但河族無法接納一個心在河另一邊的戰士，而且，他的族貓明確表示他們永遠不會信任銀流生前的伴侶時，曲星沒有採取任何舉動制止他們。

正是他處理部族事務時的這種狡黠、自信和遠見，讓他成為了森林部族有史以來最強大的族長之一。

豹星

豹星

豹星是曲星的副族長，在曲星失去第九條命之後成為族長。

她和曲星一樣，為河族自豪，也有自己的雄心壯志，但缺乏智慧。為了保護自己，她竭力反撲其他的部族，只是她的計畫進行得異常困難。

如果沒有河流的優勢，他們的邊界可能已經被踏平無數次了。

在她看來，曲星對混血貓的態度是軟弱的表現，這使她把矛頭對準了火星和他部族裡寵物貓出身的戰士。

虎星接管影族後，提出了淨化森林部族血統的想法，他認為這樣一來，便可以杜絕邊界鬥爭，因為所有的貓都屬於一個最高的族群。豹星與他結成聯盟，幾乎差點毀滅了每一隻貓的日子。

當虎星把河族和影族合併成虎族，擔任族長，然後像蟾蜍般蹲坐在河族營地的骨頭堆上，讓混血貓自相殘殺時，她才意識到自己的錯誤。

無論豹星曾經有過什麼希望，這都不是她想要的。但是，出於驕傲，她不能公開表示反對虎星——不只是她怕自己的安全受到威脅，而是因為她無法承認自己錯了，害怕族貓再也不會尊重她。

在血族之戰的前夕，豹星同意加入獅族，因而挽救了她的族貓。多虧了火星，她才成為戰勝的一方。

但是，她從來沒有忘記過，她差點兒毀掉自己的部族。如果說她現在與其他的部族來往時，仍然對他們懷有敵意，防衛心太強，那並不是因為她不信任他們，更是因為她不再相信自己的判斷力，生怕再犯錯誤，讓河族的安全受到威脅。

灰池、霧足和石毛

灰池、霧足和石毛

小苔，霧足和石毛是你的同窩手足，你應該為他們深感自豪。他們成長為強壯、忠誠的戰士，成為你們父親所在部族的優秀戰士。

是的，你本來也可以成為一名出色的戰士。河族沒有得到把你和他們一起撫養長大的機會，這是河族的損失。

橡心把他的小貓交給了河族貓后灰池。他知道她能分辨出他們的氣味，但他相信她能保守祕密，把他們當成真正是在暴風雪中撿來的小貓一樣撫養。

霧足和石毛從沒問過灰池是不是他們的母親。他們的皮毛顏色相同，灰池對待他們就像對待任何一隻河族小貓一樣。他們何須再問這沒有意義的事呢？謊言的成立需要兩個因素：一方說法，一方相信。

你們三個都遺傳了你們父親的力量和勇氣，以及你們母親良好的領悟力和出色的戰鬥技能。霧足和石毛成為了備受尊重的戰士。

豹星讓霧足成為她的副族長，他們還訓練暴毛和羽尾。但後來，藍星把他們的身世告訴了他們，讓他們成為了豹星最痛恨的貓：混血貓。

虎星控制河族時，霧足逃過河的另一邊，前往母親的部族。但在虎星的命令下，黑紋和黑足抓住石毛，並把他給殺了。血族之戰後，霧足回到河族。

總有一天，她會接任豹星的職位，這就意味著混血貓將成為族長。但只有愚蠢的雷族貓才會認為，霧足會忠於那個養育她和弟弟的部族。

銀流

銀流

銀流是曲星唯一的女兒，在她還沒學會如何獵捕第一條魚之前，她父親的統治能力就已經為她贏得了族貓的尊重。

當她愛上一隻雷族貓時，她自己也和一般貓兒的反應一樣驚慌。灰紋差點兒被淹死，她救了他的命，但不是因為她早就看到過他那英俊的相貌，被他打動了，而是因為河族一向不允許死貓污染他們的獵物資源。

銀流沒想過自己會愛上一隻雷族貓。他們祕密約會時，她感覺如芒刺在背，回到族貓身邊吃魚時，又感覺如骨鯁在喉。

但忠誠和愛情是很難兩全的事。

我這一生一直選擇忠誠，這讓我的戰士之路好走得多。

愛情卻讓有些貓為了幽會而甘願冒一切風險，甚至在自己的領地上，他們也會豎起雙耳，密切注意巡邏隊走近的聲音，生怕被族貓看到自己和其他部族的貓在一起。

最後，銀流付出了極高的代價——在陽光岩生下灰紋的小貓時流血而死。煤皮竭盡全力救她，卻沒能成功。

銀流將永遠是一隻河族貓，和她父親一樣，而灰紋的根則牢牢地紮在森林裡，跟橡樹一樣。

羽尾

羽尾

羽尾和哥哥暴毛出生在雷族邊界上，但卻在河族長大。

當虎星把淨化部族血統的妄想帶進河族時，兄妹倆顯然都是他攻擊的目標。他們被囚禁在一個舊狐狸的洞穴，與石毛關在一起，還被迫目睹石毛在與黑紋和黑足的一場不公平戰鬥中慘死。

火星、灰紋和烏掌把他們救了出來，並帶到雷族。他們在雷族與族貓霧足會合。血族之戰結束後，他們和霧足一樣，選擇了回到河族。

可能有的貓會認為，這隻年輕的貓受了那麼多苦，也一直忠於自己母親的部族，應該過上寧靜的生活了，但星族卻選擇讓羽尾踏上尋找午夜的旅途。暴毛隨她同去。這兩隻貓共同經歷了太多的事，無法再分開。

羽尾的性情溫順是出了名的，但她也有爪子，也有成年戰士應該具備的勇氣，而且她忠於自己的部族，切身體會過受迫害的滋味。也許正因如此，她才成為殺無盡部落預言裡的貓：有一隻貓即將到來，一隻來自他們那族的銀白色貓兒，他會幫我們趕走尖牙怪。

預言實現了，但代價是羽尾的生命。她叼著那塊殺死尖牙的碎石從洞頂跳下。死的時候她還很年輕，但她被永遠保存在部落貓的記憶中。

暴毛

暴毛

暴毛差點兒在虎星淨化部族血統的瘋狂行為中失去妹妹。他根本不能讓她獨自踏上前往太陽沉沒之地的旅程。

結果，他卻親眼看到妹妹死在一個離森林非常遠的陰暗洞穴裡，實現了殺無盡部落的預言。

你們可能認為，這讓他有理由永遠憎恨部落貓。但事實恰巧相反，在一隻名叫溪兒的部落貓的幫助下，他在山地找到了一個新家。這好像太容易了，對嗎？用妹妹來交換伴侶。

羽尾由於幫助部落貓而失去生命，他現在卻與那些貓在一起，過上與部族貓完全不同的生活。但任何事情都不那麼簡單。暴毛能適應山地的生活，因為他有雷族貓擅長捕獵的天賦。

再者，他無法原諒同族貓將他出賣給虎星的行為。

儘管他可以為河族參加任何戰鬥，但他更

忠於戰士守則，而不是那些曾經與他同住一個巢穴的貓。

不過，他生來就是一隻部族貓，出生在遠離山地的地方，他的部落夥伴們和他自己都不會忘記這一點。只有溪兒一心一意地相信他，但我們也會看到，愛情帶來的麻煩。他們被迫離開急水部落，跟著部族貓來到湖區。然而河族更不願意接受非部族貓，只有雷族願意收留他們。

但不久之後，山地的部落貓又會召喚他們回去。

鷹霜

鷹霜

鷹霜是虎星擔任影族族長時，與一隻名叫莎夏的獨行貓所生的兒子。星族從來就不看好鷹霜。

莎夏之所以把她的小貓帶到河族，是因為她的身體太過虛弱，無法親自照顧他們。雖然部族生活並不適合她，但她仍希望給孩子們一個更好的生存機會，而不是把他們扔在荒野中。

當她聽說兩腳獸讓部族貓不得不離開森林時，她又回來了，但那時，鷹霜和妹妹蛾翅已經成為戰士，忠於戰士守則。

他甚至在知道自己的父親是誰之前，就想取代豹星的位置。他比任何其他的見習生都更加努力地練習格鬥技，儘管他不像同族貓那樣天生就有捕魚技巧，但他總是反覆練習。他的努力沒有白費。當副族長被兩腳獸抓去時，他成為了副族長。

他非常聰明，知道得到豹星的偏愛並不意

味著就能得到族貓的尊重。因此，他需要更多的東西……比如讓妹妹成為部族巫醫。因此，他把一隻飛蛾的翅膀扯下來，放在巫醫窩前，說服泥毛相信蛾翅有權利成為他的見習生。

看到這個兒子與自己有共同的欲望時，虎星一定高興得跳了起來。他開始在夢裡拜訪鷹霜，並在一條陰暗的路上訓練他。

是虎星讓鷹霜支持泥爪背叛一星的。虎星還鼓動他和一隻雷族貓密謀，企圖將火星誘入陷阱，因為那隻貓是棘爪的對手。但是虎星低估了棘爪對他的族長的忠誠。

正如葉池所預料的那樣，在和平降臨之前，血，依舊要濺血，而湖水將會染成血紅一片。為了救火星的命，棘爪殺了他同父異母的弟弟。湖水被鮮血染紅了。

蛾翅和柳光

蛾翅和柳光

小傢伙們，你們一定已經知道蛾翅的祕密了。我能想像得到，她在星族眼裡就是個難題。她是巫醫，卻不相信星族。不過，他們讓她留了下來，因為他們可以看出她努力學習，一心只想著族貓的健康與安危。

不幸的是，知道哪些藥草能醫治疾病並不是她唯一的職責。鷹霜時常威脅她，要揭穿她的祕密，這意味著他可以強迫她捏造一些假資訊。

比如，鷹霜曾強迫她說河裡有討厭的石頭，結果導致暴毛和溪兒被驅逐出河族。由於她不能從星族那裡得到預言，所以她不知道河族領地上有兩腳獸的毒物，而且毒物已經開始毒死族貓。

當綠咳症爆發時，她的戰士祖靈也無法告訴她去哪裡去找貓薄荷。蛾翅發現自己的謊言正在傷害河族，便決心把一切真相告訴了葉池。從此，葉池開始代替她在夢裡和泥毛交談。

星族在柳光身上找到了更好的解決辦法。這隻河族貓還是小貓時，就表現出想當巫醫的興趣。她成為了蛾翅的見習生。在學習過程中，與星族有關的訓練部分，都由羽尾和葉池在她的夢中完成。

柳光接受了蛾翅不相信戰士祖靈的事實，因為她在任何方面都尊重她。我們也應該尊重她。

這一次，我相信星族尊重了每隻貓最大的興趣。

部族以外的貓

部族以外的貓

小傢伙們，得知部族以外還有那麼多的貓，你們是不是很吃驚？你們的族貓往往都表現得彷彿除了遵守戰士守則以外，貓兒就沒有任何其他的生存方式了。

但是，如果他們已經忘記急水部落，忘記血族，忘記他們遇到過的無賴貓和寵物貓，那他們的記憶真是太短暫了。

對部族貓來說，戰士守則最適合他們，給他們提供了食物和住處，以及易於防護的領地，在最需要幫忙的時候，還讓他們有鄰居可以投靠。

但是，森林裡並沒有遍布獨行貓和無賴貓的屍體，他們沒有被餓死，也沒有被當成獵物來捕殺。寵物貓也沒有像蜜蜂一樣從兩腳獸的窩裡湧出來，加入這些預言中的部族。

你要了解，剝老鼠皮的方式不止一種，有的從尾巴開始，有的從鼻子開始。不過，我很久都沒看到過老鼠了，如果現在能看到一隻，我會把它連皮帶毛一口吞下去。

怎麼啦，小青蛇，你不知道獨行貓和無賴貓有什麼區別？讓我想想該怎樣解釋最好……

獨行貓是獨自生活的貓，不像寵物貓，也不會騷擾部族。無賴貓也獨自生活，但喜歡惹麻煩。至少，部族貓是這樣區分他們的。

烏掌和大麥

烏掌和大麥

從藍星選擇虎星當烏掌導師的那天起，烏掌的不幸就開始了。那名逞兇鬥惡的戰士永遠不會欣賞烏掌對和平的熱愛，烏掌總是表達他對紛爭各方的同情。虎星把見習生的自我克制看成是膽小懦弱，最後，他倒是真的讓烏掌怕得要命。

烏掌親眼看到虎星殺死紅尾，然後大言不慚地對族貓說謊。他將自己陷入了極大的危險之中，因為那隻凶惡的貓可以為了得到他所想要的而大開殺戒。

火星說服烏掌離開森林，到一個兩腳獸農場去和大麥一起生活。

大麥是一隻獨行貓，一直在一個穀倉中過著富足的生活，老鼠多得吃不完。烏掌在那裡找到了和平，找到了深刻瞭解自己的機會，在那裡沒有戰士對他虎視眈眈，命令他跳躍、出擊、狩獵、躲藏。但他仍然會為了朋友而戰鬥到底。

離開森林之後，他依然幫助過族貓許多次，為他們提供食宿。雖然沒有走上戰士之路，但他過得更加開心了。

烏掌的同伴大麥也是在那個農場找到避難所的。大麥出生在血族。他打破了鞭子的規定，與他的一個同窩手足維奧萊特居住在一起。

當這個祕密被發現後，他被迫看著維奧萊特慘遭鞭子的兩個手下的毒打——他們碰巧也是大麥和維奧萊特的同窩手足。

最後，維奧萊特活了下來，被一隻寵物貓帶走了，那隻貓保證他的兩腳獸會好好照顧維奧萊特。大麥則逃離兩腳獸地盤，來到了那個農場。

公主和史莫奇

公主和史莫奇

小梅，不要坐立不安。難道你不覺得，你也應該聽聽寵物貓的故事嗎？難道只是因為不會自己狩獵，讓兩腳獸寵愛著，他們就沒部族貓重要嗎？

有食物和住處，並不代表他們失去誠實的心、勇氣或者對朋友的忠誠。

火星還是寵物貓時，名叫羅斯提，史莫奇是離他最近的鄰居。史莫奇去快刀手那裡之前，就已經是一隻身體肥胖的懶貓，之後他幾乎連追蹤蚯蚓的力氣都沒有了。他總是講述樹林裡那些吃骨頭的野貓的故事，後來也無法理解羅斯提為什麼想要去和那些危險的傢伙一起生活。

但是，他從未忘記他們之間的友誼。而且，夢到天族貓之後，他還勇敢地來找火星。這就是忠誠勇氣和尊重。你們對部族貓的期望也不過如此。

公主是火星的同窩手足，但她去了別的兩

腳獸的家。當她聽說哥哥到森林中的一個部族生活時，便將自己的第一隻小貓雲尾送給了他。

她相信兒子能成為戰士，過上比寵物貓更高貴的生活。不過，她討厭到森林裡去見火星，因為每次回去之後都要舔乾淨腳掌，一直舔到天亮為止！

也許這並不是一個最明智的決定——雲尾沒有自然而然地融入部族生活——但這表明了一種信任和希望。

雷族在舊森林裡生活時，公主就是火星的好朋友。現在她還經常坐在柵欄上凝視著樹林，想著自己的哥哥在哪裡，是否安全。

鷹爪

溪兒和鷹爪

部落貓沒有其他盟友，他們永遠不會像部族貓舉行大集會，聚在一起相互認識。

依照傳統，部族貓的命名方式是根據出生時母親看到的第一樣東西所取的。不過我倒是認為，那樣的話，許多小貓應該都叫洞頂、洞壁或者洞底才對。

溪兒是在部族貓從太陽沉沒之地回來的旅途中和他們認識的。

當時，急水部落認為，暴毛是殺無盡部落派去幫助他們趕走尖牙的貓。從一開始，溪兒就把暴毛看成一隻非常特別的貓，他有足夠的勇氣和本領，可以擊敗那隻殺死最優秀護穴貓的獅子。

溪兒慢慢地從心裡愛上了暴毛。她教他怎樣用老鼠當誘餌來捕獵老鷹。她之所以愛上他，是因為他樂意學習新本領，沒有因為她不是部族貓而對她另眼相看。

他的妹妹羽尾為了實現那個銀毛貓將殺死

尖牙的預言而死去時，她和暴毛一起悲痛著。

但溪兒的哥哥鷹崖卻不歡迎這些訪客的到來。為什麼呢？

這五隻貓像巨大的雨滴一樣，從瀑布上掉下來。他們比部落貓體型更大、更重，說話的方式不同，信仰的戰士祖靈也不同。

但他慢慢地接受了暴毛，因為妹妹愛上了他。然而其他不是溪兒血親的部落貓，可沒那麼容易接受暴毛。

尖石巫師

尖石巫師

尖石巫師是急水部落的首領。急水部落沒有族長、副族長和巫醫這些階級，這點與部族不一樣。

然而，這個部落有一個巫師，由巫師來履行全部職責。巫師總是被統稱為尖石巫師，因為那是他要扮演的角色之一——到大洞穴後面那個布滿尖石的小洞穴中去，透過照在岩石上的月光和洞底的水坑，來解讀殺無盡部落所傳遞的資訊。

部落的巫師不像部族巫醫那麼重要，因為山地的藥草太少，可以採集到的莓果也不多。部落貓之所以能在沒有藥草的情況下生存這麼久，是因為他們沒有邊界紛爭的情況發生，所以不容易受傷。

在大遷移的旅途中，部族貓遇到的那個尖石巫師是隻驕傲的貓，但他非常清楚，他的部落在山地的生存能力很弱。不僅獵物稀少，而且他們能夠追捕的獵物也同樣能追捕他們，尤其是那些大獵物也會想吃他們的小貓。

禿葉季漫長而寒冷，甚至連鷹都不敢飛出巢穴。在部落領地上，如果踩空一步，就可能掉入萬丈深淵。這也是他們很少需要藥草的一個原因。

我們都不難看出，那頭山區獅子為什麼能讓尖石巫師害怕，不顧一切地想找到那隻能挽救部落的銀毛貓，甚至不惜把從瀑布頂上摔下來的暴毛扣押住。

羽尾和其他的貓回去救他，並最終殺死了尖牙。但尖石巫師還沒驕傲到不尊敬的態度，對這隻遠道而來為部落獻身的貓相當感恩。

他把羽尾埋在瀑布上方，讓她享受最高貴的護穴貓或狩獵貓的待遇。

雲星和守天

雲星和守天

我真沒想到，天族請求得到其他四個部族的幫助，竟然會被趕出森林。

我躲在暗處，難以置信地看著每個部族說出不能分享領地的理由，大多是說天族不會捕獵他們的獵物。

難道不能教他們嗎？如果火星那樣的寵物貓都能學會如何圍捕老鼠和畫眉鳥，那森林裡出生的貓就不能學會這些本領？

但事實卻是，四個族長都堅持說自己愛莫能助。森林裡的第五個部族——天族被迫遷離。

雲星當時是天族的族長。儘管他沒有拋棄自己的部族，把他們帶到河谷，並在沙質懸崖上創立一個新家。但當時離開森林時，他失去了一切——他的家園、他巡邏這麼長時間的邊界、他對星族的信心。

最讓他心痛的是，他還失去了伴侶鳥飛和他們的小貓。他們承諾過會互相等候，但直到火星和沙暴在無數個季節後，重建他們失散的部族時，他們的諾言才得以實現。

火星和沙暴到達河谷時，最後一個生活在那裡的天族後代是守天。他母親向他講述過他們祖先的故事。他們在突出河谷上方的那塊岩石上觀看，根據在部族中扮演的角色居住在不同的洞穴裡。

那裡周圍的貓都嘲笑守天是瘋子，但當天族從塵土中重新站起來時，他的瘋狂幻想竟變成了現實。

葉斑、回颯和銳爪

葉斑、回颯和銳爪

這些貓分別成為了重新組建的天族的族長、巫醫和副族長。

葉斑是隻惡棍貓，具有天族的天生獨特本領，可以迅速跳躍到樹上。這說明她有天族血統，因此火星邀請她加入部族。

她還有足夠的聰慧明智，意識到沒有天族血統的貓也應該被歡迎加入到天族的行列。不僅如此，她還夠強壯，因此贏得了族貓的尊重。

回颯是隻純種寵物貓，皮毛長而蓬鬆，腳掌長得很精巧，看不出有天族貓的影子。

但火星和沙暴還沒來到河谷時，她便夢到過他們，知道那些陌生的貓有一天會需要她的幫助。

天族的戰士祖靈都消失了，沒有一個部族還記得他們。但他們留下了足夠多的聲音，那些聲音都在召喚回颯。除了這一點，她對藥草知識的領悟能力，是她成為巫醫的主要原因。

鋭爪過去是隻無賴貓，叫史魁奇。他不僅有天族的跳躍本領，還有跟接受過全面訓練的部族戰士一樣的勇氣，總有一天他會成為強大的族長。但他還有很多東西需要向葉斑學習。這樣，葉斑建設自己的部族時，流的血可能會更少。

不，小苔，你不會在星族見到天族戰士的祖靈。他們的族貓被驅逐出去的時候，他們就不再看顧森林了。

現在，他們有自己的另一片天空。但他們已經與星族和解，也都吸取了教訓。

鞭子和骨頭

鞭子和骨頭

也許我不該把這兩隻貓留到最後才說。小傢伙們，你們已經想睡覺了，天也快亮了。我不想讓你們在回星族睡覺時做噩夢，我想你們該稍微休息一下。

我確信你們已經聽過鞭子的故事了。他自封為血族族長，血族其實就是一群烏合之眾，他們的成員都是在兩腳獸地盤上遊蕩的流浪貓。他們沒有戰士守則，也沒有榮譽感和忠誠的心，他們心中只有自己的利益，或者為了找到下一頓食物。

鞭子是用恐怖的行為將他們聯合起來的，而且，在那些動輒便伸出利爪的追隨者中，還有像骨頭這樣的貓的幫助，流浪貓別無選擇，只得服從鞭子。

鞭子最大的優點是缺乏任何是非觀念。由於沒有守則告訴他什麼時候該停止，所以他從來都看不到自己是在作惡，權力欲望得不到滿足，他便不會罷休。

但是，這也是他最大的弱點。因為他不相信星族，所以他只有一條命。火星在血族之戰中獻出一條命，但他自己也失去了一條命。鞭子殺了火星最大的敵人——虎星。虎族族長的九條命一瞬間全部失去，火星只能無助地看著。

骨頭也死在那場戰鬥中。他奪走白風暴的性命之後，被一群見習生殺死了。如果你們曾經認識那個英明友善的雷族戰士，你們也會和那些見習生並肩戰鬥的。

現在，小傢伙們，安靜地躺下來睡覺吧。

我不睡，我會在這裡看著你們。很高興有機會回憶老朋友和過去的對手。他們都應該被我們記住。

國家圖書館出版品預編目資料

荒野手冊. II, 預言之貓 / 艾琳.杭特著 ; 古倫譯.
-- 初版. -- 臺中市 : 晨星, 2014.02

面 ;　公分. -- (貓戰士 ; 32)

譯自 : Warriors field guide : Cats of the clans

ISBN 978-986-177-809-9(平裝)

874.59　　102026341

荒野手冊 II Field Guide

預言之貓 Cats of the clans

作者	艾琳・杭特（Erin Hunter）
譯者	古倫
責任編輯	郭玟君
校對	林儀涵、鄭乃瑄
封面設計	王志峯
創辦人	陳銘民
發行所	晨星出版有限公司 台中市407工業區30路1號 TEL：04-2359-5820　FAX：04-2355-0581 E-mail: service@morningstar.com.tw http://www.morningstar.com.tw 行政院新聞局局版台業字第2500號
法律顧問	陳思成律師
承製	知己圖書股份有限公司　TEL：04-23581803
初版	西元2014年2月28日
再版	西元2020年8月15日（四刷）
郵政劃撥	22326758（晨星出版有限公司）
讀者服務專線	02-23672044
印刷	上好印刷股份有限公司・04-23150280

定價 180 元

（缺頁或破損的書，請寄回更換）

ISBN 978-986-177-809-9

填回您的讀後感言即可獲贈貓戰士會員卡

請告訴我們您最喜歡哪一隻貓戰士?為什麼?

我最喜歡：

姓　名		職 業：	性 別：□男 □女
通訊電話		生 日：西元　　年　　月　　日	
通訊地址	□□□		
電子信箱			
你通常怎麼買書：□自己去書店買 □自己上網站買 □請爸媽買 □在學校買 □用傳真 □其他＿＿＿＿＿＿			

如果您想將《貓戰士》介紹給您的朋友，請務必填寫下列資料，我們將免費寄送貓戰士電子報或刊物給您的朋友，請他與您分享閱讀的喜樂。

姓　名：	年 齡：	電 話：
通訊地址：□□□		
電子信箱：		
姓　名：	年 齡：	電 話：
通訊地址：□□□		
電子信箱：		

謝謝您購買貓戰士，也歡迎您到貓戰士部落格及討論區，與其他貓迷分享你的閱讀心情！

請填妥後對折裝訂，直接投郵即可，免貼郵票。

廣告回函
台灣中區郵政管理局
登記證第267號
免貼郵票

407

台中市工業區30路1號

晨星出版有限公司

TEL：（04）23595820　FAX：（04）23550581
e-mail：service@morningstar.com.tw
http://www.morningstar.com.tw

請沿虛線摺下裝訂，謝謝！

貓戰士 會員卡

趕快加入貓戰士讀友會，即能享有購書優惠、限定商品、最新訊息等會員專屬福利。

1. 寄回此回函可獲「貓戰士VIP卡」一張
2. 貓戰士網站http://warriors.morningstar.com.tw/
3. 貓戰士部落格http://warriorcats.pixnet.net/blog